Para Emma, la pequeña guepardo
C. C.

Para los Leng
Q. L.

Título original: *L'abri*
2017 © Texto de Céline Claire
2017 © Ilustraciones de Qin Leng
Publicado con el permiso de Comme des géants inc.,
CP 65006 BP Mozart
Montreal, Quebec, Canadá
Edición en castellano publicada por acuerdo con Verok Agency, Barcelona

Traducción del francés: María Teresa Rivas
Diagramación: Editor Service, S.L.

Primera edición en castellano para todo el mundo © marzo 2018
Tramuntana Editorial – c/ Cuenca, 35 – Sant Feliu de Guíxols (Girona)
www.tramuntanaeditorial.com

ISBN: 978-84-16578-88-7
Depósito legal: GI 1582-2017 – Impreso en China

Céline Claire

Qin Leng

El refugio

Tramuntana

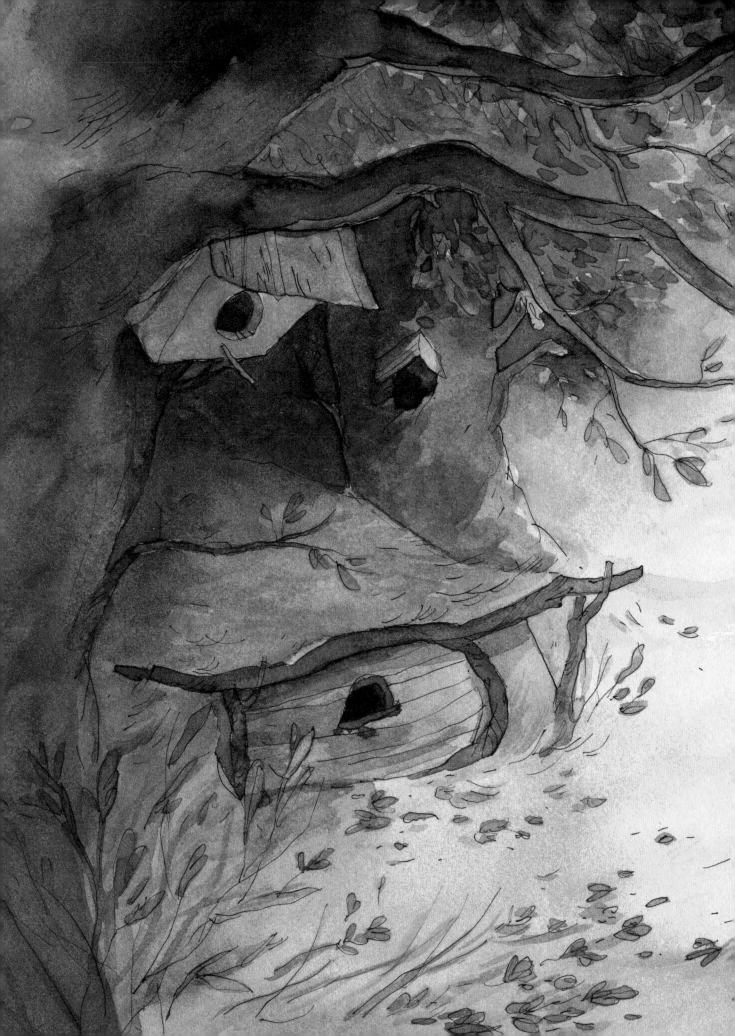

Es la mañana. Y cuando la mañana se despierta,
las casas se despiertan.

Algunos se despiertan lentamente...

Otros, suavemente...

¡Otros, valerosamente!

A la hora de las tostadas con miel,
todos están al corriente de las últimas noticias.

Pero se anuncia una mala...

¡SE ACERCA LA TORMENTA!
¡SE ACERCA LA TORMENTA!

¡Que no cunda el pánico! Hay que prepararse.

Recoger leña. Acumular provisiones. Mantener la calma.

Pongámonos a trabajar; tenemos que hacerlo.

Debemos mantenernos unidos, cueste lo que cueste.

Todos están listos
y ya llega la tormenta.
El viento empieza a soplar
un poco más fuerte.

Pero no importa, todos están a salvo.

Pequeño Zorro pregunta:

—¿Y si hay alguien fuera?

Entre la niebla, bajo el viento que aúlla,
dos sombras avanzan a lo lejos.

Por el tragaluz de las casas, todos los observan.
¿Quiénes son?

¿Qué hacen ahí?
¿Qué es lo que quieren?
¿Nuestra casa?
¿Nuestras provisiones?
¿Nuestras ropas?

—El viento es frío... A cambio de un poco de té,
¿podemos calentar nuestras manos en vuestra hoguera?

—Nuestro fuego se ha apagado. Mejor marchaos a otro lado.

—Nuestros estómagos están hambrientos...
A cambio de un poco de té,
¿nos podéis dar algunas galletas
para mojar?

—Ya no nos queda comida.
Mejor marchaos a otro lado.

—La noche es oscura...
A cambio de un poco de té,
¿podríamos apaciguar nuestros corazones
a la luz de vuestro hogar?

—Estamos muy apretujados.
¡Mejor marchaos a otro lado!

Pero al lado no hay nada.
Solo la colina.

No pasa nada —dice Hermano Mayor—.
Es posible que la colina sea más acogedora.

Mientras caminan contra el viento,
mientras caminan el uno contra el otro,
una voz resuena tras ellos:
—¡Esperad!

Es Pequeño Zorro.
A pesar de todo ha encontrado algo que darles.
—No es comestible. No calienta tanto como el fuego,
y también es menos luminoso...

—¡Pero ya es mucho!

—dice Hermano Mayor, sonriendo.

En la colina, el termómetro sigue bajando.

El viento se vuelve completamente blanco.

Hermano Mayor extiende la mano. Hermano Pequeño saca la lengua.

Nieva tanto que el suelo enseguida
se cubre de un tapiz muy suave.
Los osos se miran sonriendo.
Esta noche la nieve los resguardará.

En casa de la familia Zorro, cunde el pánico.

La nieve cae con fuerza, con tanta fuerza que se vuelve
más amenazante que el viento.
El techo se dobla y se tuerce, aunque todavía resiste un poco. ¡Muy poco!

¡HAY QUE SALIR!

¿Qué les ocurrirá?

—¡Hace tanto frío! —dice Mamá Zorro.

—¡Está tan oscuro! —añade Papá Zorro.

—¡Mirad! ¡Brilla una luz! —exclama Pequeño Zorro.

A medida que se van aproximando, el aire se llena
de un aroma a especias, a canela y a jengibre.
Todos cierran los ojos y respiran a pleno pulmón.

Y, por fin, la curiosa luz está ahí, delante de ellos.

La nieve no para de caer.

El viento no para de soplar.

Pequeño Zorro se acerca y dice muy alto:

—El viento es frío. La noche, oscura.
A cambio de algunas galletas,
¿podéis compartir vuestro refugio?

—Nuestra luz es débil, el refugio es pequeño
y estamos muy apretujados.
¡Pero nuestro té calienta más que cualquier fuego!
Con galletas, ¡será delicioso! ¡Entrad! ¡Entrad!

Y así fue como dos forasteros
abrieron su hogar improvisado
una noche de tormenta
en la que no se veía ni la luna.

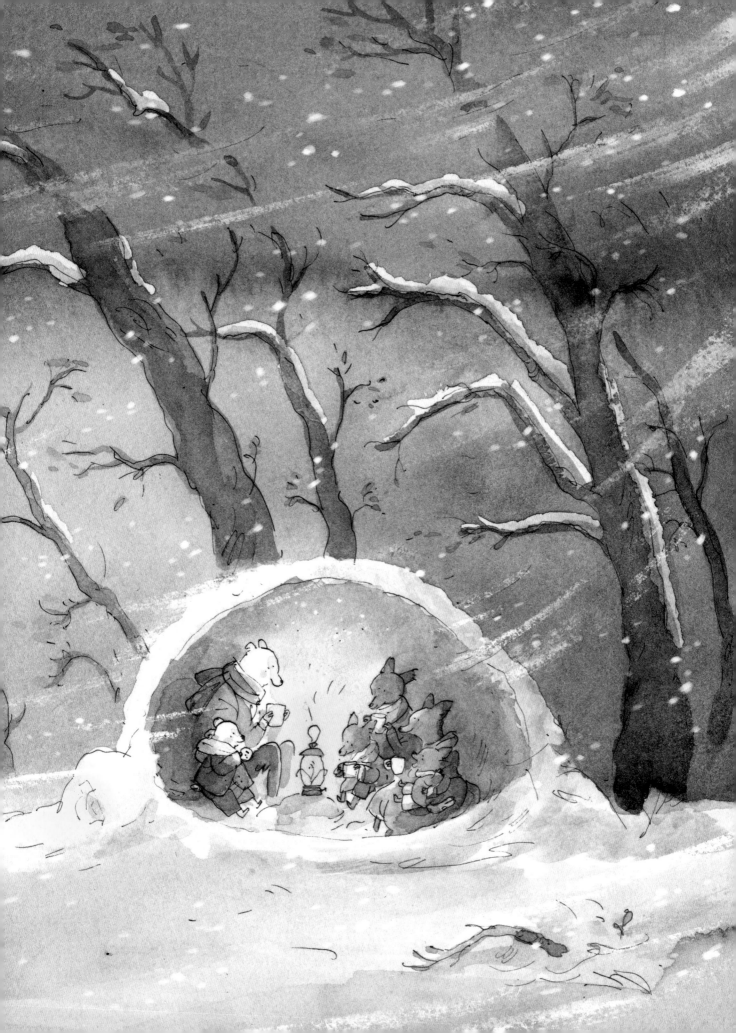